Big Enough
Bastante grande

Written by Ofelia Dumas Lachtman

Illustrated by Enrique O. Sánchez

Spanish Translation by Yanitzia Canetti

PIÑATA BOOKS
HOUSTON, TEXAS
1998

This volume is made possible through grants from the National Endowment for the Arts (a federal agency), Andrew W. Mellon Foundation, the Lila Wallace-Reader's Digest Fund and the City of Houston through The Cultural Arts Council of Houston, Harris County.

Piñata Books are full of surprises!

Piñata Books
Arte Público Press
University of Houston
Houston, Texas 77204-2090

Illustrations by Enrique O. Sánchez
Cover design by James F. Brisson

Lachtman, Ofelia Dumas.
    Big Enough = Bastanta grande / by Ofelia Dumas Lachtman: illustrated by Enrique O. Sánchez ; translated into Spanish by Yanitzia Canetti.
       p. cm.
    Summary: When a treasured piñata is stolen, little Lupita discovers that she is big enough to help her mother get it back.
    ISBN 1-55885-221-2 (hardcover) / ISBN 1-55885-239-5 (paperback)
    [1. Size — Fiction 2. Mothers and daughters — Fiction 3. Piñatas — Fiction 4. Mexican Americans — Fiction 5. Stealing — Fiction 6. Spanish language materials — Bilingual.]
    I. Sánchez, Enrique O., ill . II. Canetti, Yanitzia   III. Title
    PZ73.L22 1998
    [E]—dc21   97-26672
                                                           CIP
                                                           AC

Big Enough
Bastante grande

Lupita was sure that she was big enough.

Big enough to stay up late.

Big enough to ride her bike to school.

And certainly big enough to help Mamá in the restaurant.

But Mamá did not think so.

Mamá said she was too little. Too little to wear boots with dresses. Too little to cross the highway at the edge of the village. Mamá even said so in Spanish: *"Muy, muy chica."*

Lupita estaba segura de que ya era bastante grande.

Bastante grande para quedarse despierta hasta tarde.

Bastante grande para ir en bicicleta a la escuela.

Y, sin duda, bastante grande para ayudar a Mamá en el restaurante.

Pero Mamá no pensaba así.

Mamá decía que ella era demasiado pequeña. Demasiado pequeña para usar botas con vestidos. Demasiado pequeña para cruzar la carretera al borde del pueblo. Mamá incluso lo decía en inglés: *"Too, too little."*

Lupita didn't like being too little in Spanish or in English. Especially today. Today she was sure Mamá would need her. And she was already late.

Her running shoes went zip-zip, zip-zip as she sped by the long porch of the Village Hotel. Mr. Grabb, the new man from the city, was by the open door. He was wearing a dark blue suit, a red dotted tie and a sugary smile. "Hello, little girl," he called, and Lupita ran faster. She didn't like Mr. Grabb.

A Lupita no le gustaba ser demasiado pequeña ni en español ni en inglés. Sobre todo hoy. Hoy ella estaba segura de que Mamá la necesitaría. Y ahora iba a llegar tarde.

Sus veloces zapatillas iban chas-chas-chas-chas mientras ella se deslizaba a gran velocidad por el largo portal del Hotel del Pueblo. El señor Grabb, un nuevo hombre en la ciudad, estaba junto a la puerta. Él vestía un traje azul oscuro, una corbata roja de lunares y tenía una sonrisa empalagosa.

—Hola, pequeña— la llamó, y Lupita echó a correr más rápido. A ella no le agradaba el señor Grabb.

Lupita's blue jeans made rubbing sounds, swish-swish, swish-swish, as she came to the police station. Chief Cobb was leaning against the wall.

"Hello, Lupita," he called. "How can such a little girl run so fast?"

"Because I'm big enough, Chief!" she shouted as she ran even faster.

Her heart beat happily, pit-pat, pit-pat, as she came to the gasoline station. Mrs. Foote, the owner, was fixing a flat tire. She glanced over her gold-rimmed glasses.

"Hello, Lupita," she called. "Where are you going in such a hurry?"

"To help Mamá!" Lupita shouted.

Los pantalones azules de mezclilla que llevaba Lupita hacían un sonido al rozarse, chis-chas, chis-chas, mientras ella se acercaba a la comisaría de policía. El jefe Cobb estaba recostado contra la pared.

—Hola, Lupita— la llamó. ¿Cómo es que una niña tan pequeña puede correr tan rápido?

—¡Porque ya soy bastante grande, Jefe!— gritó, mientras echaba a correr aún más rápido.

Su corazón latía felizmente, pim-pum, pim-pum, mientras se acercaba a la gasoline-ra. La señora Foote, la dueña, estaba arreglando una llanta desinflada. Ella echó un vistazo sobre sus lentes de armadura dorada.

—Hola, Lupita— la llamó. ¿Adónde vas con tanta prisa?

—¡A ayudar a Mamá!— gritó Lupita.

Mamá owned a Mexican restaurant at the end of Main Street. It was famous for its fine food. It was known, too, for its dishes that were as shiny as mirrors and for its glasses that were as sparkly as dewdrops. In fact, everything in Mamá's restaurant was as crisp and fresh as the leaves on the lemon trees that grew around the village.

But yesterday, the lady who helped Mamá became sick. And there was no one to take her place. "Except me," thought Lupita as she ran into the restaurant. Tink-a-tink! A silver bell jingled as she went in the door.

Inside, the big open room was filled with small tables. Above them a purple and pink crepe paper dove hung proudly from the ceiling. Its fluffy tail feathers rustled softly. This was La Paloma, a special piñata.

"We will treasure La Paloma forever," Mamá often told her.

Mamá era dueña de un restaurante mexicano al final de la Calle Main. Era famoso por su exquisita comida. Era conocido, también, por sus platos, tan relucientes como espejos, y por sus vasos, tan transparentes como gotas de rocío. En realidad, todo en el restaurante de Mamá era tan acogedor y fresco como las hojas de los limoneros que crecían alrededor del pueblo.

Pero ayer, la señora que ayudaba a Mamá se enfermó. Y no había nadie que la reemplazara. "Excepto yo", pensaba Lupita mientras entraba corriendo en el restaurante. ¡Tilín tilín! Una campana de plata tintineó cuando traspasó la puerta.

Dentro, el gran salón estaba lleno de mesas pequeñas. Sobre ellas, una paloma morada y rosada de papel crespón colgaba orgullosamente del techo. Su mullida cola de plumas se movía suavemente. Se trataba de La Paloma, una piñata especial.

—La Paloma será nuestro tesoro para siempre— solía decirle Mamá.

La Paloma was special because of the wooden head Papá had carved for it before he died. Other piñatas would be filled with candy and toys. Other piñatas would be broken with a bat in a blindfold game on birthdays or at Christmas time. But not this one. And even though the rest of Papá's carvings had brought them a lot of money, La Paloma was too important to be sold—even to the men from the museum. Mamá said, "La Paloma is special because it brings peace and other blessings to our house."

And Lupita agreed.

La Paloma era especial porque Papá le había esculpido la cabeza de madera antes de que él muriera. Otras piñatas podrían llenarse de caramelos y juguetes. Otras piñatas podrían romperse con un bate durante los cumpleaños o en Navidad. Pero ésta no. Y a pesar de que el resto de las esculturas de Papá les habían traído mucho dinero, La Paloma era demasiado importante para ser vendida, ni siquiera al museo. Mamá decía: —La Paloma es especial porque le trae paz y otras bendiciones a nuestro hogar.

Y Lupita estaba de acuerdo.

Now Lupita pushed through the swinging doors into the kitchen. Mamá was peeking into the oven, a wooden spoon in her hand.

"I am glad you're home," she said with a smile. Then she sighed. "The tamales, the enchiladas, the refried beans are all ready. It's almost time to open the restaurant. But there is no one to help me."

"I will help you," Lupita said.

Mamá shook her head. "For work like this, Lupita, you are still too little: *Muy, muy chica.*"

Lupita's shoulders drooped. That's what Mamá always said. In both Spanish and English.

Ahora Lupita empujaba las puertas giratorias de la cocina. Mamá estaba observando dentro del horno, con un cucharón de madera en su mano.

—Estoy contenta de que estés en casa— dijo ella con una sonrisa. Luego suspiró: —Los tamales, las enchiladas y los frijoles refritos ya están listos. Ya casi es hora de abrir el restaurante. Pero no hay nadie que me ayude.

—Yo te ayudaré— dijo Lupita.

Mamá negó con la cabeza. —Tú eres demasiado pequeña para un trabajo como éste, Lupita: *Too, too little*.

Lupita dejó caer los hombros. Eso es lo que Mamá siempre decía. Tanto en español como en inglés.

Tink-a-tink! The bell in the front room jingled. Lupita opened the kitchen door a crack and peeked into the dining room. There stood Mr. Grabb in his dark blue suit and dotted tie. He must have followed right behind her.

Mamá brushed her apron and went to meet him. "*Buenas tardes*," she said. "Good afternoon. Would you like to sit by the window, *señor*?"

Mr. Grabb didn't want to sit by the window. Lupita knew that. He was going to sit by Papá's piñata. That's where he sat yesterday. That's where he had sat the day before when he first came to town.

Mr. Grabb said, "I'll have enchiladas, tamales and refried beans. Also two tacos and rice."

¡Tilín tilín! La campana del frente tintineó. Lupita entreabrió la puerta de la cocina y observó con disimulo hacia el comedor. Allí estaba el señor Grabb con su traje azul oscuro y su corbata de lunares. De seguro la había seguido.

Mamá sacudió su delantal y fue a su encuentro.

—*Good afternoon*— dijo. —Buenas tardes. ¿Le gustaría sentarse cerca de la ventana, señor?

El señor Grabb no quería sentarse cerca de la ventana. Lupita lo sabía. Él iba a sentarse cerca de la piñata de Papá. Allí era donde él se había sentado el día anterior, cuando llegó al pueblo por primera vez.

—Quiero enchiladas, tamales y frijoles refritos. Además, dos tacos y arroz— dijo el señor Grabb.

The bell rang again. Another customer entered. And another. Mamá went back and forth, showing people where to sit and taking their orders. Each time the swinging doors closed behind her, Mamá sighed. Lupita knew that she was working too hard. She was sure that Mamá needed her help.

So Lupita took a white jacket from a cupboard. It was very big. But that was all right. It covered her rumpled tee shirt and most of her dusty blue jeans. She rolled up the sleeves and washed her hands. And when Mamá was busy at the stove, she piled plates and glasses and silverware on a big round tray.

La campana sonó otra vez. Otro cliente entró. Y luego otro. Mamá iba y venía, mostrándole a la gente donde sentarse y tomando sus órdenes. Cada vez que las puertas giratorias se cerraban tras ella, Mamá suspiraba. Lupita sabía que ella estaba trabajando demasiado duro. Estaba segura de que Mamá necesitaba ayuda.

Así que Lupita tomó una chaqueta blanca de un aparador. Era muy grande. Pero estaba bien. Le cubría su camisa arrugada y la mayor parte de sus polvorientos pantalones de mezclilla. Se arremangó las mangas y se lavó las manos. Y cuando Mamá estaba ocupada en la estufa, ella amontonó los platos, los vasos y los cubiertos de plata en una gran bandeja redonda.

Lupita tiptoed through the swinging door. And then it happened! The door swung back and bumped her. Splitter! Cra-a-ack! Crash! Glasses and plates crashed to the floor! Plink! Plank! Plunk! Down went the silverware too!

"Grumbles and groans," grunted Mr. Grabb.

"Oh, my glasses and plates!" moaned Mamá.

Lupita scurried to bring a broom.

"I'll take that broom," Mamá said. "You, little one, march yourself upstairs!"

Lupita dragged herself up every step. At the top she sat down, her chin in her hand. She blinked back tears as she looked through the railing into the dining room below.

Lupita pasó de puntillas a través de la puerta giratoria. ¡Y entonces sucedió! La puerta giró hacia ella y le dio un topetón. ¡Qué desastre! ¡Pin! ¡Plaf! Platos y vasos estallaron contra el piso. ¡Pin! ¡Pan! ¡Pun! ¡Abajo fueron a parar también los cubiertos de plata!

—¡Rayos y truenos!— gruñó el señor Grabb.

—¡Ay, mis vasos y platos!— gimió Mamá.

Lupita corrió a traer una escoba.

—Yo tomaré esa escoba— dijo Mamá. ¡Tú, chiquita, vete derechito hasta arriba!

Lupita subía, arrastrando cada paso. Al llegar arriba, se sentó, con la mano en la barbilla. Se le escurrían las lágrimas mientras observaba a través de la baranda el comedor de abajo.

It took Mamá a long time, but she served everyone. At last, all the people were gone except for Mr. Grabb. He asked for a second order of enchiladas, tamales and refried beans. When Mamá went into the kitchen, he jumped out of his chair and peered through all the doors. Then he peeked up the stairs.

Lupita pushed herself against the wall. When he stole away, she stretched over the railing to see what he was doing. Mr. Grabb was on his toes, tugging at La Paloma. He pulled it down, tucked it under his coat and tiptoed to the front door. Carefully, he pulled it open.

Tink-a-tink! pealed the bell.

"Grumbles and groans!" muttered Mr. Grabb.

"He's stealing La Paloma!" yelled Lupita.

And Mamá came running from the kitchen.

A Mamá le tomó mucho tiempo, pero les sirvió a todos. Al final, toda la gente se había ido menos el señor Grabb. Él pidió una segunda ración de enchiladas, tamales y frijoles refritos. Cuando Mamá se fue a la cocina, él saltó de su silla y observó a través de todas las puertas. Entonces miró con disimulo hacia las escaleras.

Lupita se recostó en la pared. Cuando él se escabulló, ella se apoyó sobre la baranda para ver qué estaba haciendo. El señor Grabb estaba parado de puntitas, tirando de La Paloma. La bajó, se la metió debajo de su abrigo y salió de puntillas por la puerta del frente.

—¡Tilín tilín!— repiqueteó la campana.

—¡Rayos y truenos!— gruñó el señor Grabb.

—¡Se está robando La Paloma!— gritó Lupita.

Y Mamá salió corriendo de la cocina.

There never had been such a chase on Main Street. First came Mr. Grabb in his stiff blue suit, the tail feathers of La Paloma rustling in the breeze below his coat. After him came Mamá, a wooden spoon still in her hand.

"Mrs. Foote, help us!" cried Lupita.

Mrs. Foote, her glasses slipping on her nose, her fingers tight around a wrench, followed Mamá.

"Chief!" cried Lupita. "He's stealing the piñata!"

And Chief Cobb huffed and puffed after Mrs. Foote.

Last of all came Lupita. But not for long.

Zip-zip went her running shoes as she passed Chief Cobb.

Zip-zip went her running shoes as she raced by Mrs. Foote.

Zip-zip and she sped by Mamá, her head bobbing to miss the spoon in Mamá's hand.

Nunca había ocurrido una cosa así en la Calle Main. Primero venía el señor Grabb con su tieso traje azul; las plumas de la cola de La Paloma se movían con la brisa debajo de su abrigo. Tras él venía Mamá, todavía con el cucharón de madera en su mano.

—¡Señora Foote, ayúdenos!— gritó Lupita.

La señora Foote, con sus lentes deslizados sobre la nariz y apretando entre los dedos una llave inglesa, siguió a Mamá.

—¡Jefe!— gritó Lupita. ¡Él se está robando la piñata!

Y el jefe Cobb, con una manga de su chaqueta arriba y la otra manga de su chaqueta abajo, soplaba y resoplaba detrás de la señora Foote.

Al final de todos venía Lupita. Pero no por mucho tiempo.

Zas-zas fue el sonido de sus veloces zapatillas al pasar al jefe Cobb.

Zas-zas fue el sonido de sus veloces zapatillas al aventajar a la señora Foote.

Zas-zas, y alcanzó a Mamá, moviendo su cabeza para esquivar el cucharón que llevaba Mamá en la mano.

Chief Cobb shouted, "Stop, thief, stop!"

But Mr. Grabb didn't stop. He was almost to the highway at the edge of town.

Lupita didn't stop. Now she was up to Mr. Grabb. "Gotcha!" she hollered and threw her arms around his leg.

"Grumbles and groans!" growled Mr. Grabb as he fell to the ground.

Whish-sh! La Paloma's tail feathers rustled softly as the piñata landed on the ground by a lemon tree.

—¡Alto, ladrón, alto!— gritaba el jefe Cobb.

Pero el señor Grabb no se detenía. Ya casi llegaba a la carretera en el límite del pueblo.

Lupita no se detenía. Ahora estaba encima del señor Grabb. ¡Te agarré!— exclamó y enlazó con sus brazos la pierna del ladrón.

—¡Rayos y truenos!— gruñó el señor Grabb mientras caía al suelo.

¡Suássss! Las plumas de la cola de La Paloma se movían suavemente mientras la piñata aterrizaba en el suelo cerca de un limonero.

Mamá shook her spoon at Mr. Grabb. "What is all this?" she said.

Lupita shook her head at Mr. Grabb. "He's a thief!" she said.

Chief Cobb shook his fist at Mr. Grabb. "You're under arrest!" he told Mr. Grabb.

Mr. Grabb sat up, his chin hanging on his chest. "That bird's head," he muttered, "is worth a lot of money."

"You are not so smart, Señor Grabb," Mamá said. "La Paloma is worth much more than money."

Lupita knew what Mamá meant. It was because they loved Papá.

Mamá agitó su cucharón hacia el señor Grabb. —¿Qué significa esto?— dijo.

Lupita agitó su cabeza hacia el señor Grabb. —¡Él es un ladrón!— dijo.

El jefe Cobb agitó su puño hacia el señor Grabb. —¡Está usted bajo arresto!— le dijo al señor Grabb.

El señor Grabb se incorporó, su barba le colgaba hasta el pecho. —Esa cabeza del pájaro— murmuró— vale mucho dinero.

—Usted no es muy listo, señor Grabb— dijo Mamá. —La Paloma vale más que el dinero.

Lupita sabía lo que quería decir Mamá. Era por lo mucho que ambas querían a Papá.

Mr. Grabb pushed himself off the ground. "That kid," he grumbled, "is too little to run so fast."

"No," panted Chief Cobb. "She's big enough!"

"Indeed," puffed Mrs. Foote, "she's certainly big enough!"

"Yes," nodded Mamá, "for some things she is big enough. *Bastante grande.*"

Lupita smiled. Then she remembered the broken dishes and her smile disappeared. But it was all right, she told herself. For some things, she was big enough. In both Spanish and English.

El señor Grabb se puso de pie. —Esa chiquilla— gruñó —es demasiado pequeña para correr tan rápido.

—No— jadeó el jefe Cobb. ¡Ella es bastante grande!

—En verdad— resopló la señora Foote. —¡Ella es realmente bastante grande!

—Sí— asintió Mamá con la cabeza— para algunas cosas ella es bastante grande. *Big enough.*

Lupita se sonrió. Entonces recordó los platos rotos, y su sonrisa desapareció. Pero todo estaba bien, se dijo para sí. Para algunas cosas, ella ya era bastante grande. Tanto en inglés como en español.

Ofelia Dumas Lachtman was born in Los Angeles, the daughter of Mexican immigrants. Her stories have been published widely in the United States, including prize-winning books for Arte Público Press such as *The Girl from Playa Blanca, Pepita Talks Twice* and *Pepita Thinks Pink*.

Ofelia Dumas Lachtman nació en Los Angeles, hija de inmigrantes mexicanos. Ha publicado varios cuentos y libros, entre los cuales se incluyen varios libros premiados de Arte Público Press, como *The Girl from Playa Blanca, Pepita habla dos veces* and *Pepita y el color rosado*. Madre de dos hijos maduros, Dumas Lachtman todavía reside en Los Angeles.

Enrique O. Sánchez is a painter who also illustrates children's books.
A native of the Dominican Republic, he lives with his wife Joan also an artist in Bar Harbor, Maine and Florida.

Enrique O. Sánchez es pintor que también ilustra libros infantiles. Oriundo de la República Dominicana, reside en Bar Harbor Maine y la Florida con su esposa Joan.